Liebe Freunde der Schule der magischen Tiere,

es gibt viele Dinge, die Spaß machen:

Kuchen essen. Spielen. Und lesen lernen!

Buchstaben werden zu Wörtern.

Wörter werden zu Sätzen.

Aus Sätzen wird eine lustige Geschichte!

Ich erzähle euch heute eine Geschichte

von Murphy, dem Eisbären.

Manche Wörter sind leicht.

Manche Wörter sind schwer.

Sie haben bunte Silben.

Kannst du sie lesen? Ganz bestimmt!

Viel Spaß! Eure Margit

Margit Auer

Die Schule der magischen Tiere ermittelt

Der Kokosnuss-Klau

Mit Bildern von Nina Dulleck

CARLSEN

Kennst du schon DIE SCHULE DER MAGISCHEN TIERE ?

In dieser Schule
haben viele Kinder
ein magisches Tier.

Die magischen Tiere sind
die besten Freunde
ihrer Kinder.

Sie sind nicht
wie andere Tiere.
Magische Tiere
können sprechen!

Mister Morrison
bringt die Tiere
zu den Kindern.

Er weiß,
welches magische Tier
zu welchem Kind
gehört.

Bis dahin wohnen die Tiere bei ihm:
in der magischen Zoohandlung!
Hier ist es immer lustig!

In der magischen Zoohandlung
gibt es viele Tiere.
Aber nur ein Tier
ist ein Detektiv!

Murphy, (Das spricht man „Mörfi" aus.)
er ist ein Eisbär –
und er ermittelt!

Pinkie, die Elster,
hilft ihm dabei.
Zusammen lösen sie
jeden Fall.

Was sie wohl diesmal erleben?

Inhalt

Badetag 10

Ach du dicke Rübe! 16

Eddie und der Regenschirm 21

Der Kakadu 26

Hilfe, Hilfe! 30

Im Wald 36

Wo ist die Kokosnuss? 40

Ertappt! 44

Murphys Pfannkuchen 50

Protokoll Fall Nummer 3 55

Das magische Rätsel 56

Badetag

Plitsch, platsch!
Murphy liegt
in der Badewanne.

Er schrubbt sich.
Links, rechts.
Ah, tut das gut!

Plötzlich klopft es an der Tür.
Ein Mal, zwei Mal,
zwölf Mal!

Es sind die Erdmännchen!
Sie wohnen auch
in der magischen Zoohandlung.
Sie wollen auch planschen!

„Momentchen!“, ruft Murphy.
Der Eisbär schnappt sich
ein Handtuch.

Im selben Moment
klingelt das Telefon.
Murphy geht ran.

„Hallo Murphy!“, ruft Ida.
„Hier sind Ida, Rabbat,
Benni und Henrietta!“

Rabbat ist ein Fuchs.
Er ist Idas magisches Tier.

Henrietta ist eine Schildkröte.
Sie ist Bennis magisches Tier.

„Wir wollen zu Eddie“,
sagt Ida.
„Kommst du mit?“

Eddie geht in dieselbe Schule
wie Ida und Benni:
in die Schule der magischen Tiere.

Murphy zwinkert Pinkie zu.
„Bin dabei!“, ruft sie.

Der Eisbär packt
seinen Rucksack.
Sie ziehen los.

Ach du dicke Rübe!

Die Leute auf der Straße
machen große Augen:
Wo kommt der Eisbär her?
Aus dem Zoo?

Murphy kennt
das schon.
Er lacht und winkt.
Die Leute winken
zurück.

Eddie wohnt in einem gelben Haus.

An der Tür klebt ein Plakat:

SCHÖNE BILDER ZU VERKAUFEN!

HEUTE UM 18 UHR!

Benni klingelt.

Ding, dong.

Die Tür geht auf.

„Hallo!“, ruft Eddie.

„Kommt rein!“

Eddie ist allein zu Hause.
Seine Eltern sind einkaufen
in der Stadt.
Überall im Haus
hängen Bilder.
Kein Wunder!
Eddies Eltern sind Maler.

Die Bilder haben Namen.
„Schokokuss“,
liest Henrietta.
Benni lacht.
„Nein. Kokosnuss.“
Henrietta lernt gerade lesen.
Sie macht noch viele Fehler!

„Was kostet der Schokokuss?“,
fragt Henrietta.
„5000 Euro“, liest Benni.

„Ach du dicke Rübe!“,
ruft Murphy. „So viele Kröten!“
Kröten ist ein anderes Wort
für Geld.

Eddie und der Regenschirm

Die Kinder und die Tiere
gehen nach oben
in Eddies Zimmer.

Murphy wundert sich.
Über Eddies Bett
hängt ein Regenschirm!

„Wozu brauchst du
einen Schirm im Bett?“,
fragt der Eisbär.

„Das Dach ist kaputt.
Es regnet durch“, sagt Eddie.
„Wenn wir das Bild verkaufen,
können wir es reparieren.“

Eddie holt Stifte und Papier.
Die Kinder schreiben Zettel:
SCHÖNE BILDER ZU VERKAUFEN!
HEUTE UM 18 UHR!

„Ich muss noch Brote schmieren
für heute Abend“, sagt Eddie.

„Dann verteilen wir die Zettel“,
rufen Ida und Benni.
„Helft ihr uns?“
„Klar“, sagt Murphy.
„Na logo!“, ruft Pinkie.

Knurr!

Henrietta zuckt zusammen.

Aber es war nur Murphys Bauch.

Der Eisbär hat Hunger!

Er verputzt zwölf Butterbrote.

Jetzt kann es losgehen.

Der Kakadu

Draußen steht eine Frau
mit einer großen Tüte.
Sie sieht aus wie ein Kakadu.
„Ich liebe Kunst!“, ruft sie.

Ida gibt ihr einen Zettel.
Die Frau läuft vorbei.
Einfach ins Haus!

Da fährt ein gelber Bus vor.
„Stopp“, liest Henrietta.
„Post“, sagt Benni.
Am Steuer sitzt eine Frau
mit dunkler Brille.

Ein Mann mit rotem Schal
steigt aus dem Bus.
Er hat ein großes Paket
unter dem Arm.

Der Mann flitzt ins Haus.
Fast rennt er den Kakadu um,
der gerade herauskommt.

Schon ist der Mann zurück.
Mit dem Paket.
„Falsche Straße!“, ruft er
und springt in den Bus.

Die Frau am Steuer gibt Gas.
Quietsch!
Die Frau fährt schnell
wie eine Rennfahrerin.

Hilfe, Hilfe!

Wer brüllt so laut?
Ist es ein Affe?
Nein! Es ist Eddie.
„Hilfe! Hilfe!“, ruft er.

Die Kinder und die Tiere
rennen ins Haus.
„Die Kokosnuss ist weg“,
sagt Eddie. „Geklaut!“

Murphy horcht auf.
Ein neuer Fall?
Er will helfen!
Er ist ein Detektiv!

Ida will auch helfen.
Sie hat eine Idee.

Oben auf dem Dachboden
gibt es Pinsel, Farbe
und Papier.

Eddie malt rote Streifen.
Benni malt grüne Punkte.
Ida malt eine blaue Maus.

Rabbat malt
einen grünen Baum.
Henrietta guckt zu.

Pinkie läuft übers Papier.
Was malt Murphy?
Einen Pfannkuchen.

Das Bild soll
auf den leeren Platz
an der Wand.

„Moment mal“, sagt Pinkie.
„Was klebt dort am Nagel?“
Murphy packt seine Lupe aus.
„Ein roter Wollfaden!“,
ruft er.

Nun geht alles ganz schnell.
„Der Mann mit dem Paket
hatte einen roten Schal“,
sagt Ida.

„Das ist eine heiße Spur!“,
ruft Murphy. „Wir müssen
den gelben Bus finden!“

Im Wald

Pinkie fliegt vorneweg.
Die anderen laufen hinterher.
Nur Eddie kommt nicht mit.
Er wartet auf seine Eltern.

Plötzlich ruft Pinkie:
„Ich sehe was!"

Der gelbe Bus steht
auf einem Parkplatz.
Murphy guckt
durch das Fenster.

Der Bus ist leer.
Die Diebe sind weg.

Wo sollen sie suchen?
Im Wald hinter dem Parkplatz?

Murphy zeigt auf eine Tanne.
„Seht mal! Rote Wolle!“

Sie folgen der Spur.
Der Weg ist schmal.

Überall sind Bäume.

„Da, der nächste Faden!“,
ruft Henrietta.

Bennis Herz klopft wild.
Ob sie das Bild finden?
Was, wenn die Diebe
eine Pistole haben?

Wo ist die Kokosnuss?

Die Spur führt zu einem Haus.
Die Kinder rütteln an der Tür.
Sie geht nicht auf.

„Was machen wir jetzt?“,
fragt Rabbat.

„Aufgeben?“, fragt Henrietta.
„Niemals!“, ruft Pinkie.

Murphy lehnt sich
gegen die Tür.

Rums! Die Tür fällt um.

Plumps! Murphy auch.

Die Kinder und die Tiere
schleichen ins Haus.
Wo ist das Bild?

Henrietta krabbelt unters Sofa.
Rabbat sucht unter dem Tisch.

„Gefunden!“, ruft Murphy.
Es ist hier an der Wand!
Aber wo sind die Diebe?

Rabbat spitzt die Ohren.
„Ich höre was. Mir nach!“

Ertappt!

Sie laufen nach oben.
Dort ist niemand. Oder?
„Pst!“, macht Rabbat.

Die Kinder und die Tiere
folgen dem Fuchs
ins Schlafzimmer.

Plötzlich knarrt es.
Rabbat hebt seine Schnauze.
Der Kleiderschrank steht
ein Stück offen.

„Eins, zwei, drei!“,
flüstert Henrietta.

Sie reißen die Tür auf.
Und wer ist dort?

Dort sind die Diebe.

Sie schreien:

„Hilfe, ein Eisbär!

Gleich frisst er uns!"

Da lacht Murphy.
Er mag keine Diebe.
Er mag lieber
Pfannkuchen.

Der Eisbär holt ein Seil
aus dem Rucksack.
Er fesselt die Diebe.

„Bitte tu uns nichts!“,
rufen die Diebe.

Im Flur ist ein Telefon.
Ida ruft die Polizei.

Die Polizisten staunen.
„Das habt ihr toll gemacht!“,
loben sie die Detektive.

„Lustiges Kostüm“,
sagen sie zu Murphy.

„Wir geben alles zu“,
jammern die Diebe.
„Wir lieben Kunst!“

„Im Gefängnis gibt es
einen Malkurs“,
sagen die Polizisten.

Murphys Pfannkuchen

Die Polizisten fahren
die Detektive zu Eddie.

Die Gäste sind schon da.
Sie stehen vor einem Bild
und rufen „Ah!“ und „Oh!“.

„Ich biete 6000 Euro“,
ruft eine Frau.
„Die Sonne gibt mir Kraft!“
Welche Sonne?
Murphys Pfannkuchen!

Eddies Eltern staunen.
„Wo kommt das Bild her?“
„Das haben wir gemalt!“,
rufen die Kinder und die Tiere.

Eddie freut sich.
„So viele Kröten!
Der Regenschirm
über dem Bett
kann bald weg!“

„Stopp!“, ruft Henrietta.
„Der Schokokuss!“

Murphy tippt sich an die Stirn.
Den hätte er fast vergessen!

Der Eisbär holt das Bild.
Plötzlich ist der Kakadu da.
„Ich kaufe es!“, ruft die Frau.

Eddies Eltern hüpfen
vor Freude in die Luft.
Heute klappt alles
wie am Schnürchen!

Murphys Magen knurrt.
„Komm, wir gehen“, sagt Pinkie.
„Gleich gibt es Pfannkuchen.“
„Pfanntastisch!“, ruft Murphy.

Protokoll Fall Nummer 3:

Der Kokosnuss-Klau

Tatort:

ein gelbes Haus

Worum ging's?

Um Mäuse und Kröten

Gelöst nach:

12 Butterbroten

Was kam noch heraus?

Rabbat kann super malen!

Das magische Rätsel

1. Was hängt über Eddies Bett?

2. Wer stört den Eisbären beim Baden?

3. Was verputzt Murphy?

4. Wie nennt Henrietta das geklaute Bild?

5. Was klebt am Nagel?

6. Wo verstecken sich die Diebe?

7. Was malt Murphy?

Trage hier die Antworten in Großbuchstaben ein.

1. ________________ ___

2. _______ __________

3. ___ ____________

4. _______ ________

5. _________ _____

6. _________ __

7. ______________

Was spielt Murphy gern in der Badewanne?

Schreibe hier die Buchstaben aus den Kästchen mit derselben Farbe hinein.

Die magische Lösung

Hast du es gewusst?

1. R E G E N S C H I R M
2. E R D M Ä N N C H E N
3. B U T T E R B R O T E
4. S C H O K O K U S S
5. W O L L F A D E N
6. S C H R A N K
7. P F A N N K U C H E N

Was spielt Murphy gern in der Badewanne?

K A P I T Ä N

Margit Auer ist eigentlich Reporterin.
Dann bekam sie drei Söhne
und las ganz viele Kinderbücher.
Da wollte sie selbst welche schreiben!
Margit Auer hätte auch gern
ein magisches Tier:
am liebsten einen Esel.
Ob Mister Morrison eines Tages
auch bei ihr klingelt?

Nina Dulleck malt,
seit sie einen Pinsel halten kann.
Sie wohnt mit ihrer Familie
in einem klitzekleinen Haus
auf einem Berg.
Dort gibt es Esel und Zwergschweine.
Nina Dulleck wünscht sich
auch ein magisches Tier:
am liebsten ein Einhorn mit Flügeln!

DIE SCHULE DER MAGISCHEN TIERE ERMITTELT

Band 1:
DER GRÜNE GLIBBER-BRIEF
ISBN 978-3-551-65591-2

Band 2:
DER HAUSSCHUH-DIEB
ISBN 978-3-551-65592-9

*Leichte Kinderkrimis mit den beliebten magischen Tieren.
Ideal für Leseanfänger: mit extragroßer Schrift, Sinnumbrüchen, vielen bunten Bildern und Leserätsel – einfach magisch!*

Band 3:
DER KOKOSNUSS-KLAU
ISBN 978-3-551-65592-9

Band 4:
DER FLÖTENSCHRECK
ISBN 978-3-551-65594-3

CARLSEN

WWW.CARLSEN.DE

Die Schule der magischen Tiere ermittelt

Band 1: Der grüne Glibber-Brief
Band 2: Der Hausschuh-Dieb
Band 3: Der Kokosnuss-Klau
Band 4: Der Flötenschreck
Band 5: Der Gurkenschurke
Band 6: Die Plätzchenfalle

Willst du dein eigenes magisches Tier zeichnen?
Nina Dulleck zeigt dir in ihrem Youtube-Kanal, wie es geht!

PRODUZIERT MIT VERANTWORTUNG

FSC www.fsc.org MIX Papier | Fördert gute Waldnutzung FSC® C002795

Völckersstr. 14–20, 22765 Hamburg
Umschlag und Innenillustrationen: Nina Dulleck
Umschlaggrafik: Sabine Reddig
Redaktion & Konzeption: Claudia Scharf
Lektorat: Jacqueline Guse
Satz und Herstellung: Constanze Hinz & Steffen Meier
Lithografie: Margit Dittes Media, Hamburg
978-3-551-65593-6
carlsen.de

Mit Fragen zur Produktsicherheit wenden Sie sich bitte an:
carlsen.de/kontakt